Blancura

Jon Fosse (Noruega, 1959) está considerado uno de los autores más importantes de nuestro tiempo. Su obra ha sido traducida a cuarenta idiomas y sus piezas teatrales han sido representadas en todo el mundo. Debutó en 1983 con la novela *Raudt, svart*, y desde entonces ha escrito más de sesenta obras entre teatro, novela, poesía, cuentos infantiles y ensayo. Autor de una numerosa obra, entra en el catálogo de Random House con *Blancura* y *Melancolía*, a las que seguirán *Ales junto a la hoguera* y *Escenas de una infancia*. También es el autor de *Mañana y tarde*, *Trilogía* y *Septología*, una novela en siete tomos con la que ha sido finalista del Booker Internacional 2022 por los volúmenes VI y VII. Ha sido galardonado con el Premio Nobel de Literatura 2023 por «sus innovadoras obras de teatro y su prosa, que han dado voz a lo indecible». Ha recibido incontables premios, como el Ibsen Award 2010, el European Prize for Literature (2014) y el Nordic Council Literature Prize (2015). En 2007, fue nombrado caballero de la Ordre National du Mérite de Francia.

JON FOSSE

Blancura

Traducción de Cristina Gómez-Baggethun

y Kirsti Baggethun

RANDOM HOUSE

Papel certificado por el Forest Stewardship Council®

Título original: *Kvitleik*

Primera edición: diciembre de 2023

Printed in Spain – Impreso en España

ISBN: 978-84-397-4406-1
Depósito legal: B-20.206-2023

Compuesto en la Nueva Edimac, S. L.
Impreso en Unigraf (Móstoles, Madrid)

RH44061

Me subí al coche y me marché. Me sentó bien. El movimiento me hizo bien. No sabía adónde iba. Simplemente me marché. Me había embargado el aburrimiento, a mí que nunca me aburro me había embargado el aburrimiento. Nada de lo que se me ocurría hacer me producía el menor placer. Así que hice cualquier cosa. Me monté en el coche, empecé a conducir y donde podía elegir entre doblar a la derecha o a la izquierda, doblaba a la derecha, y en la siguiente bifurcación, donde podía elegir entre la derecha o la izquierda, doblaba a la izquierda. Y así fui avanzando. Al final me metí por un camino forestal y a medida que me adentraba en él las huellas de las ruedas se fueron haciendo tan profundas que noté que el coche empezaba a atascarse. Pero seguí adelante, hasta que el coche se atascó del todo. Intenté dar marcha atrás, pero no funcionó, así que paré el coche. Apagué el motor. Y me quedé sentado en el coche. Vaya, hasta aquí he llegado, aquí me he quedado, pensé, y me sentí vacío, como si el aburrimiento se hubiera transformado en vacío. O quizá más bien en miedo, porque sentí cierto temor allí sentado en el coche, mirando al frente, al vacío, como si mirara hacia una nada. Hacia el interior de una nada. Bueno, menuda manera de hablar, pensé. Lo que tengo frente a mí es un bosque, sencillamente un bosque, pensé. De modo que era al bosque adonde me había conducido aquella repentina excursión. Aunque eso era otra manera de hablar, eso de que algo, cualquier cosa, conduzca, signifique lo que signifique eso, a algo, bueno, a otra cosa. Miré el bosque que tenía ante mí. El bosque. Pues sí, árboles cercanos unos a otros, pinos, árboles que eran pinos. Y entre los árboles se veía el suelo marrón, que más bien parecía mantillo seco. Me sentí vacío. Y luego aquel temor. ¿De qué tenía miedo? ¿Por qué tenía miedo? ¿Tenía tanto miedo que era incapaz de bajarme del coche? ¿No me atrevía? Así que allí terminaba el camino forestal por el que me había metido, y en el que me había quedado atascado, más o menos al final del camino. Seguramente por eso sentía aquel miedo, porque se me había atascado el coche al final de un camino forestal, y allí, al final del camino, no había ningún sitio donde pudiera dar la vuelta. Y tampoco recordaba haber visto ningún sitio donde dar la vuelta desde que me metí por el camino forestal. Pero ¿sería eso posible? Pues sí, porque si hubiera visto un lugar donde dar la vuelta, sin duda habría parado el coche y habría dado la vuelta, puesto que meterme por aquel estrecho camino que se adentraba en un paisaje de suaves colinas no había aliviado en absoluto mi aburrimiento, sino más bien al contrario, lo había incrementado. Solo que no había visto ningún lugar donde dar la vuelta, y supongo que era eso lo que estaba esperando todo el rato, pues sí, encontrar un sitio donde pudiera girar el coche, dar marcha atrás, avanzar un poco, repetir el proceso unas cuantas veces, en fin, dar la vuelta al coche, y luego regresar por el camino forestal, hasta llegar a la carretera, y luego continuar hasta algún sitio, pero ¿hasta qué sitio? Pues hasta algún sitio donde hubiera gente, donde quizá pudiera tomarme algo, un perrito caliente, por ejemplo, o tal vez, ¿por qué no?, hasta llegar a un pequeño café de carretera donde pudiera pararme a comer. Eso no era imposible. Y de pronto me di cuenta de que hacía varios días, ya ni recordaba cuántos, que no comía nada caliente. Aunque supongo que eso nos pasa con cierta frecuencia a los que vivimos solos. Se nos hace cuesta arriba cocinar, pues sí, tiendes a comer lo primero que pillas, un poco de pan, si es que tengo pan en casa, con algo de fiambre, a menudo acabo simplemente untando mayonesa sobre el pan y luego lo corono con dos o tres lonchas de embutido de cordero. Pero ¿qué sentido tiene pensar ahora en estas cosas, como si no tuviera ahora cosas más importantes de las que ocuparme? Pero ¿qué cosas serían esas? Ay, qué tonterías pienso. Se me ha quedado atascado el coche en un camino forestal, lejos de la gente, y no consigo desatascarlo, así que debería tener cosas de sobra de las que ocuparme, sí, creo que se dice ocuparme, eso, ocuparme de desatascar el coche. Porque el coche no puede quedarse aquí atascado. Evidentemente. Es tan evidente que es una perogrullada pensar así. Estoy aquí sentado mirando el coche, y el coche me mira a mí como un bobo. O quizá sea yo quien lo mira como un bobo a él. Y hay que ver lo bobo que parece el coche ahí parado, atascado en un bache, supongo que podré llamarlo bache, en medio de este camino forestal que avanza unos pocos metros más hasta que se acaba y empieza un sendero que se adentra en el bosque. ¿Y qué pintaba yo en este camino forestal? ¿Por qué me metería yo por aquí? ¿Qué tipo de ocurrencia sería esta? ¿Qué motivo tenía yo para hacer esto? Pues ninguno. Ningún motivo en absoluto. Y entonces ¿por qué me metí por este camino forestal? Quizá por casualidad. Sí, supongo que no podría llamarse de otra manera. Aunque esto de la casualidad, ¿qué será? Ay, basta ya de tonterías. Estos pensamientos nunca me llevan a ningún lado. Y lo que yo tengo que hacer no es ni más ni menos que desatascar el coche. Y luego tengo que tratar de darle la vuelta. Aunque eso. Bueno, es que no vi ningún sitio donde pudiera dar la vuelta, si hubiera podido, evidentemente, habría dado la vuelta hace mucho, porque me cuesta imaginarme un camino más aburrido por donde ir en coche que este. Lo único que había eran colinas suaves, y luego una pequeña granja abandonada, pues sí, debía de estar abandonada, porque varias ventanas de la casa estaban cegadas con algún tipo de planchas. Y la pintura de la casa estaba muy deteriorada, en muchos sitios la madera no tenía ya ni color. Y la mitad del tejado del pajar se había derrumbado. Es muy triste ver casas así, abandonadas a su suerte, casas ruinosas. Casas que no le importan a nadie. ¿Y por qué no le importarán a nadie? Porque antes de que se arruinara, la verdad es que la casa era, en fin, hermosa. A mí me habría encantado vivir en una casa como esa, bueno, me habría encantado vivir en esa casa que vi, aunque tendría que haber sido en una fase más temprana de mi vida, cuando era joven, no ahora. Y, como es obvio, tampoco querría vivir en esa casa estando la casa tan ruinosa como está. Porque ahora evidentemente no había quien viviera en ella, ni personas ni, ¿ni qué? Animales, tal vez. Bueno, puede que algún tipo de animales sí vivieran en la casa. Seguro que estaba llena de ratones. Quizá incluso hubiera ratas en la casa. O, bueno, es igual. Gente por lo menos no había en la casa, eso seguro, y lo que yo necesitaba ahora era gente, exacto, alguien que tuviera un coche, o mejor un tractor, con el que pudiera desatascarme el coche. Pero en la granja por la que había pasado no había gente, eso seguro. Y luego conduje un buen rato sin ver más que aquellas suaves colinas hasta que por fin vi una cabaña por encima del camino forestal, y aunque la cabaña parecía bien mantenida, tenía las cortinas echadas, así que tampoco en la cabaña había gente, eso seguro. ¿Y entonces? Pues entonces iba a tener que volver a la carretera para encontrar a alguien. Aunque, ahora que lo pienso, tampoco por la carretera había visto yo muchas casas, los alrededores estaban muy despoblados, bueno, desde la última vez que había doblado a la izquierda o a la derecha o lo que fuera. ¿Había pasado en realidad por alguna casa en el último trecho que recorrí de la carretera? Puede que sí. Puede que no. En cualquier caso, fue un buen trecho, seguramente la carretera no habría tardado en acabarse, y entonces tendría que haber dado la vuelta, si no hubiera doblado antes a la izquierda para meterme por el camino forestal. ¿Había en realidad alguna casa por aquella carretera? Pues no, no que yo viera, ni cuando doblaba a la derecha ni cuando doblaba a la izquierda, aunque tampoco es que estuviera yo muy pendiente de las casas. Más bien no tenía las casas en mente en absoluto. Eso no implicaba necesariamente que no hubiera pasado por ninguna casa, claro. Eso es obvio. Lo más probable era que hubiera pasado alguna casa. Y en esas casas por las que tengo que haber pasado seguro que vivía gente. Al menos en alguna de ellas. Porque si nadie viviera en esas casas, ¿para qué iba a haber una carretera? Por supuesto que había casas a lo largo de esa carretera por la que había ido hacía un momento, bueno, un momento quizá no, pero en cualquier caso antes de doblar a la izquierda por donde vi que salía una especie de camino forestal, eso, una especie de camino forestal, y empezar a remontarlo. Pero había que andar un buen rato para volver a la carretera, y cuánto tendría que andar por la carretera para llegar a alguna casa, pues eso, eso no estaba nada claro. Y cuando por fin llegara a alguna casa, tampoco era seguro que hubiese nadie en ella, y si hubiera alguien tampoco era nada seguro que tuviese coche, o que el del coche estuviera en casa. Aunque supongo que, viviendo en un sitio tan apartado, tienes que tener coche. O tal vez no. Antiguamente nadie tenía coche. Y además era probable que pasara algún autobús. Era posible que pasara alguno. Y muy probablemente yo había pasado por alguna granja, y es posible que en esa granja tuvieran un tractor, aunque fuera un tractor pequeño, quizá de dos ruedas. Y sin duda un tractor de dos ruedas conseguiría sacar mi coche de ese maldito bache en el que estaba atascado. Lo malo era que había que recorrer mucho camino forestal para llegar a la carretera, y probablemente, bueno, sin ninguna duda, habría que andar mucho rato por la carretera hasta llegar a la primera casa. Quizá fuera mejor que probara otra vez a desatascar el coche, acelerando hacia delante, y luego acelerando hacia atrás. Adelante, atrás. Una y otra vez. Adelante, atrás. Pues sí, lo mejor sería que volviera a intentarlo.

Y me quedo ahí sentado, mirando al frente, como si de alguna manera no mirara en absoluto, y simplemente estuviera ahí sentado. Y al poco pienso que ha empezado a nevar, seguramente lo vi hace ya rato, pero me ha llevado su tiempo pensarlo, percatarme de ello, pero el caso es que había empezado a nevar, tampoco mucho, pero leves copos caen y caen con ligereza y ahí estoy yo, tratando de seguir su danza con la mirada, primero la de un copo de nieve, y luego la del siguiente, sigo cada copo tanto tiempo como puedo, y al principio no me resultaba difícil, aunque no pudiera seguir cada copo de nieve demasiado tiempo, pero a medida que fue arreciando, se me hizo más difícil, por no decir imposible, y dejé de intentarlo, y entonces me quedé allí sentado mirando al frente y pensé que ahora que había empezado a nevar iba a resultarme aún más difícil desatascar el coche, si hasta ahora había estado difícil, a partir de ese momento iba a resultarme completamente imposible. Así que no quedaba más remedio que buscar a alguien que pudiera desatascármelo. Pero en ese caso no podía quedarme allí sentado en el coche, tenía que salir a buscar a alguien. Solo que no sabía adónde ir a buscar a nadie, la granja que había visto estaba abandonada, y tampoco había nadie en la cabaña que había visto, y la carretera quedaba a un buen trecho a pie. Pero ¿por qué me habría adentrado yo tanto por este camino? Quizá porque iba conduciendo sin pensar, sin pensar en lo lejos que estaba yendo en realidad. Pues sí, sería por eso. Pero ahora, ¿ahora qué? Pues ahora, en cualquier caso, tenía que encontrar a alguien que tuviera un tractor, o un coche, con el que desatascar mi coche. Pero es que esa era precisamente la cuestión. ¿Adónde podía ir yo para encontrar a ese alguien? Tenía que bajar de nuevo a la carretera, y luego seguir la carretera hasta llegar a una casa en la que hubiera gente que tuviera un coche o un tractor, y viviendo en un sitio tan apartado seguro que tenían coche. Al menos si eran jóvenes, porque la gente mayor a menudo no tenía coche, me imagino que nunca llegaban a sacarse el carnet, y supongo que todavía habrá algún autobús que pase de vez en cuando por estos sitios tan despoblados, porque la verdad es que yo llevaba ya mucho rato conduciendo y aquello estaba cada vez más despoblado, y doblaba a la izquierda, y continuaba hasta que pudiera doblar a la derecha, y luego hasta que pudiera doblar a la izquierda otra vez, y así seguí hasta que llegué aquí y ya no pude avanzar más. Así es la cosa. Y ya no debo, no puedo, esperar más. Algo hay que hacer, porque la verdad es que ya está nevando mucho. Y yo aquí sentado, viendo cómo se asienta la nieve, o quizá se diga más bien cómo cuaja. ¿Y no hace un poquitito de frío? Pues sí que hace frío. Pero siempre puedo arrancar el motor, no sé por qué no se me habrá ocurrido antes, teniendo el coche tan buena calefacción como tiene. Arranco el motor y pongo la calefacción al máximo. Hace mucho ruido. Al poco empieza a salir un soplo de calor, una corriente constante de aire que viene hacia mí. Me sienta bien el calor. Y el coche no tardará mucho en caldearse. La nieve ha cubierto ya todo el parabrisas, pongo el limpiaparabrisas. Veo que ya ha dejado de nevar, y que el suelo ante mí está blanco, igual de blanco que se han puesto los árboles del bosque. Es hermoso. Los árboles blancos, el suelo blanco. Y el coche ya está caldeado y agradable. Solo que no puedo quedarme aquí metido en el coche. Tengo que encontrar a alguien. Y me parece que había algo así como un senderео que se adentraba en el bosque, y ese sendero tendrá que llevar a algún sitio, y allí supongo que habrá gente. Así que tal vez debería adentrarme un poco por ese sendero. Porque seguro que por ahí llego a algún sitio donde haya gente. Yo creo que sí. Porque habiendo sendero, supongo que también habrá gente. Seguro que sí, pienso. En el interior del bosque, y probablemente no muy lejos, seguro que hay gente. Solo tengo que encontrarla. Por eso no puedo quedarme aquí metido en el coche. Tengo que salir. Tengo que adentrarme en el bosque. Tengo que encontrar gente. De nada sirve que me quede aquí sentado en el coche. Giré la llave, la saqué y me la metí en el bolsillo de la chaqueta. Marchando, me dije, y me levanté, me bajé del coche, cerré la puerta y pensé en echar la llave, pero enseguida llegué a la conclusión de que no hacía falta, porque si alguien quería robarme el coche, pues que lo intentara, porque no iban a conseguir mover el coche del sitio, igual que no conseguía moverlo yo. Bien. Di un par de pasos hacia delante y noté que ya estaba pisando la nieve. Porque se había formado una pequeña capa de nieve. Vi que mis zapatos dibujaban huellas en la nieve. Vi que el coche estaba cubierto de nieve. También el camino forestal se veía ya totalmente blanco, y resultaba difícil ver por dónde iba exactamente el sendero, aunque debía de ser más o menos posible seguirlo, o al menos eso esperaba yo. Me adentré en el bosque, en el sendero, bueno, supongo que sería el sendero lo que seguía, que serpenteaba entre los árboles. Ahora tenía que seguir adentrándome en el bosque, hasta llegar a alguna casa en la que hubiera gente, alguien que pudiera ayudarme a desatascar el coche y volver a la carretera. Aunque tendría que recorrer marcha atrás todo el largo camino forestal, ay, no, en qué estaría pensando, seguramente podría dar la vuelta, si no antes, en la salida hacia la cabaña por la que pasé, eso sí, claro. Y aunque había un trecho hasta la cabaña de las cortinas echadas, tampoco es que quedara muy lejos, al menos no tanto como para que no pudiera llegar hasta allí marcha atrás, pensé. Lo único que tenía que hacer ahora era encontrar gente. Ese era ahora el único pensamiento que tenía en la cabeza. Encontrar gente. Encontrar gente cuanto antes. Encontrar gente que pudiera ayudarme, pero ¿en qué estaba pensando? No tenía ningún sentido meterse en el bosque oscuro para encontrar gente. Mucho peor que esto no recordaba haberme conducido nunca, primero atascaba el coche, luego me adentraba en el bosque para encontrar ayuda, ¿cómo podía haber pensado que iba a encontrar ayuda en el bosque? En el interior del bosque oscuro, menuda idea, bueno, no, una idea no podía decirse que fuera, era más bien una ocurrencia, o algo así, algo que simplemente se me había ocurrido. Una tontería, había sido. Una auténtica bobada. Una idiotez. Una idiotez pura y dura. ¿Y por qué haré yo estas cosas? Nunca lo he entendido. Aunque creo que nunca, en mi larga vida de pecado, jamás he hecho nada como esto, pero cómo iba a haber hecho nada como esto si nunca antes me he adentrado por un bosque con el otoño ya avanzado, y encima al atardecer, y no tardará en caer la noche, pronto no veré ni dónde estoy y entonces, pues entonces no voy a encontrar el camino a ninguna parte, y tampoco voy a encontrar el coche, pero ¿hasta dónde puede llegar la idiotez de uno? Bueno, no, esto es peor que idiotez, esto es, en fin, no tengo palabras. Y ahora apenas veo ya nada, se ha puesto todo oscurísimo entre los árboles. Y encima la nieve. Y encima el frío. Porque tengo frío. Sí, tengo frío de verdad, tengo más frío del que recuerdo haber tenido nunca. Aunque si lograra volver al coche, podría arrancar el motor, poner la calefacción, entrar en calor, como se suele decir. Entrar en calor. En el interior del bosque oscuro. Y estoy muy cansado. Tengo que descansar un poco. Pero ¿dónde podría sentarme? Ahí, ahí parece que hay una piedra. Sí, una piedra grande y redonda ahí en medio del bosque, una piedra que parece hecha para sentarse en ella, y por encima de la piedra se extienden unas ramas, en lo alto del tronco, como un techo. Y sobre las ramas se posa la nieve blanca. Blanca es la nieve que estoy pisando, y blanca es la nieve ahí arriba, sobre las ramas. Y justo ahí delante tengo una piedra, grande y redonda y como hecha para sentarse en ella. Tengo que descansar un poco. Tengo que sentarme en la piedra. Pero ¿puedo hacer eso, con el frío que tengo? La verdad es que estoy tiritando. Pero es que estoy muy cansado. Tengo que sentarme en la piedra. Voy y me siento en la piedra. Pero me noto igual de cansado, tirito lo mismo. O quizá, ahora que me he sentado en la piedra, tengo aún más frío que cuando estaba ahí parado mirando la piedra, y mucho más que cuando caminaba entre los árboles. Pues entonces no tiene mucho sentido que me quede aquí sentado en esta piedra. No consigo descansar y además tengo aún más frío. Me tengo que levantar. No puedo quedarme aquí sentado en esta piedra. Me levanto. Tengo que encontrar gente, o tengo que volver al coche y ya buscar gente mañana, cuando haya luz, quizá incluso sol. Porque sí que puede salir el sol, y además el sol puede calentar, en esta época del año. De modo que ojalá supiera cómo volver al coche, solo que no lo sé. Aun así, tengo que andar en alguna dirección, tal vez así encuentre el sendero y entonces supongo que podré seguir mis propias huellas hasta el coche. Porque las huellas se verán en la nieve, supongo. Pues sí, eso puedo hacer. Eso quiero hacer. Eso quiero tratar de hacer. Porque ¿qué otra cosa podría hacer? En cualquier caso, no puedo quedarme aquí sentado en una piedra, eso al menos está claro. Pero ha oscurecido ya tanto que me resultará difícil ver las huellas, incluso si encuentro el sendero. Tengo que levantarme. De todos modos, tengo que caminar en alguna dirección, solo así encontraré el sendero. En qué dirección debo ir no lo sé, y como no lo sé da igual qué dirección tome. Simplemente tengo que echar a andar. Ando. Ando de frente. Pienso que esto no puede salir bien. Me voy a morir de frío. Como no ocurra un milagro, me voy a morir de frío. Y quizá fue justamente por eso que me adentré en el bosque, porque quería morirme de frío. Pero es que eso no es lo que quiero. No me quiero morir. ¿O será justamente morirme lo que quiero? Pero ¿por qué me quiero morir? No, si es que eso es precisamente lo que no quiero, y por eso quiero encontrar el coche, para entrar de nuevo en calor. Y ahora ando, ando tan deprisa como puedo, puesto que me hace entrar en calor, al menos noto algo más de calor que cuando estaba sentado en la piedra. Sigo adelante. Y seguro que dentro de poco llegaré al coche. Seguro. Tampoco me he adentrado tanto en el bosque. No he caminado mucho, para nada. Aunque cuánta distancia he recorrido y cuánto tiempo he caminado, no lo sé. Mucha distancia no será, y mucho tiempo no ha podido ser. Solo que ya se ha hecho muy de noche. Me paro. Miro al frente, hacia el interior de la impenetrable oscuridad, es como si no se viera nada, solo la impenetrable oscuridad. Miro hacia arriba, simplemente hacia arriba, y veo un cielo negro sin estrellas. En el interior del bosque oscuro, bajo el negro cielo. Me quedo parado. Soy todo oídos. Aunque eso no es más que un lugar común. Y lo último que necesito ahora mismo son lugares comunes. Esta oscuridad me da miedo. La verdad es que tengo miedo. Aunque sea un miedo sereno.

Un miedo sin angustia. Pero tengo miedo de verdad. ¿O será eso solo una palabra? Pues no, todo en mi interior se encuentra como en una especie de movimiento, no un solo movimiento, sino muchos movimientos sin relación entre ellos, movimientos desordenados, ajetreados, irregulares, entrecortados. Sí, así es. Estoy parado mirando al frente, a la oscuridad impenetrable. Y veo que la oscuridad cambia, bueno, no la propia oscuridad, sino algo que se destaca en la oscuridad y viene hacia mí. Ahora lo veo claramente. Algo viene hacia mí y puede que sea una persona. O algo así. Sí, supongo que tiene que ser una persona. Pero no puede ser una persona. No es posible que sea una persona, no aquí, no ahora. Pero entonces ¿qué será? Veo la silueta de algo y parece la de una persona. Porque supongo que no podrá ser otra cosa, ¿no? Me quedo parado. Me quedo ahí parado como si no me atreviera a moverme. Ha oscurecido ya tanto que ya no puede oscurecer más y ahí delante veo la silueta de algo que parece una persona. Una silueta luminosa que cada vez se ve más nítida. Pues sí, una silueta blanca ahí en la oscuridad, ahí enfrente. ¿Está lejos de mí o está cerca? No sabría decirlo con seguridad. Es imposible determinarlo, si está lejos o está cerca, quiero decir. Pero está ahí. Una silueta blanca. Luminosa. Y creo que camina hacia mí. Aunque caminar. Porque caminar no camina. Es como si simplemente se acercara. Y es una silueta completamente blanca. Ahora la veo muy clara. Sí que es blanca. La blancura. En la impenetrable oscuridad se ve muy clara. Luminosamente blanca. Una luminosa blancura. Me quedo muy quieto. Procuro no moverme. Quedarme totalmente inmóvil. Una luminosa blancura. La silueta de una persona. Una persona dentro de una luminosa blancura. Pues sí, quizá eso. Y se está acercando. O desapareciendo.

No, no desaparece, eso sí que no. La luminosa blancura está cada vez más cerca. La silueta de lo que tiene que ser una persona está cada vez más cerca. Y ahora veo que la silueta se ha transformado más bien en un campo blanco. Pues sí, en una especie de campo. Y el campo se está ampliando. Pero no puede ser una persona lo que viene caminando hacia mí, ¿no? Eso es imposible. Aquí en el interior del bosque, ahora, en la oscuridad de la noche. Es imposible que sea una persona. Pero entonces ¿qué es? Porque sí que se parece a una persona. Sí que tiene la forma de una persona. Me quedo muy quieto. Trato de estar tan quieto como puedo. Y siento el cuerpo casi rígido. Y la criatura se va acercando más y más y está cada vez más, en fin, fosforescente en su blancura, quizá lo pueda decir así. Tomo aire profundamente. Cierro los ojos. Pienso que estoy en el interior del bosque oscuro, y hace frío, y tengo frío. Y ahí delante veo una criatura luminosa que viene hacia mí. Y la criatura está ya tan cerca que puedo tocarla si quiero. Pero no quiero tocar a la criatura, porque si extendiera los brazos para tocar a la criatura seguro que no notaría nada, seguro que la criatura es como el aire vacío, y aun así tengo a la criatura justo ahí delante, a menos de un metro la tengo, y parece más bien una mujer, si es que la criatura es una persona y tiene género. Bueno, no, género no tiene. No es una criatura con género porque no es ni hombre ni mujer. Pero entonces ¿qué clase de criatura será? No sé si probar a decirle algo a la criatura. Aunque supongo que tampoco puedo hablarle al aire, al aire, al aire y, eso, ¿a qué? Estaba ahí parado. Sin moverme. Mirando a la criatura luminosa, rodeada de oscuridad, ahora luminosamente blanca también por dentro de la silueta en la que me había fijado al principio. Todo el interior de la silueta era ahora una luminosa blancura. La luz era intensa, pero no resultaba doloroso mirarla. Era agradable mirarla. Era sorprendentemente agradable de mirar. La criatura blanca y yo. ¿Debería decirle algo? ¿O debería marcharme? Pero es que tenía a la criatura justo delante, y tampoco podía atravesar a la criatura. ¿O quizá sí que podía? ¿Atravesar a la criatura? Pues no, eso no podía hacerlo. No se pueden hacer esas cosas. Estaba ahí parado. Pero lo que estaba viendo no podía ser real, así que quizá había empezado a ver visiones. Pero ¿era una visión lo que estaba viendo, y no una realidad? ¿No era real la criatura blanca? Quizá podía probar a tocarla con cuidado para averiguarlo. Pero no se puede tocar una blancura como esa, ¿no? Porque supongo que entonces la ensuciaría. Y fíjate ensuciar algo tan blanco. No sé ni cómo se me ha ocurrido pensar algo así. Aunque creo que ni siquiera había pensado hacerlo, la idea se me había ocurrido, pero solo como idea, no como algo que realmente hubiera pensado hacer. Por supuesto que no. Y por tanto me quedé allí parado frente a la criatura en toda su blancura. ¿Y qué otra cosa podía hacer? Simplemente estaba allí parado, sin moverme del sitio. Pero curiosamente ya no notaba el frío. Ya no tenía frío, al contrario, notaba una especie de calor que venía hacia mí desde la criatura. O tal vez no viniera de la criatura. Pero entonces ¿por qué notaba ahora mucho más calor que antes de que apareciera la criatura? ¿Y no había ido notando más calor a medida que se me acercaba la criatura? Pues sí, así había sido. Pensándolo bien, me daba cuenta de que había sido así. Cuanto más se acercaba la criatura, más calor notaba yo. Así había sido, me gustara o no. Eso era innegable. Pero ¿qué hacía aquella criatura ahí delante de mí en toda su blancura? De pronto había venido hacia mí, en la oscuridad, y luego se había quedado allí parada delante de mí. Al principio solo la veía como una silueta blanca, bueno, luminosa, y luego como una criatura luminosa. Pero tampoco podía quedarme allí parado delante de aquella criatura que tanto brillaba en toda su blancura. Eso ni pensarlo, ni hablar. Y de repente tuve la sensación de que una mano se posaba pesadamente y aun así con extraña ligereza sobre mi hombro. Aunque una mano. Tampoco es que fuera una mano, aunque se sentía como una mano, pero entonces ¿qué era, puesto que no era, o tal vez si no era, una mano? Y luego un brazo, sí, supongo que es un brazo, me rodea los hombros y me abraza, con ligereza, pero de modo perceptible. Me quedo tan quieto como puedo, completamente inmóvil, o al menos tan inmóvil como puedo. Porque ¿qué otra cosa debería o podría hacer? Tampoco podía darle la espalda a la luminosa criatura y salir corriendo hacia la impenetrable oscuridad. ¿O eso se podía hacer? Y en tal caso, ¿no me seguiría la criatura? ¿O es que yo había pasado a formar parte de la luminosa criatura? Pero ¿eso cómo iba a ser? Aunque ahora el brazo, o como haya que llamarlo, de la criatura luminosa me parecía inseparable de mi cuerpo, y para averiguar si realmente era así o no, para averiguarlo, tenía que moverme, y justo eso no me apetecía hacerlo, o más bien tenía la sensación de no tener permiso para hacerlo. Y se trataba de una prohibición estricta, así lo sentía yo. Me quedé parado, inmóvil. Respirando con regularidad y sin hacer ruido. Porque tampoco quería que mi respiración estorbara a la criatura, bueno, a esa luminosa criatura blanca en toda su blancura. Y entonces noté que la mano de la criatura luminosa se levantaba delicadamente de mi hombro. Y al mismo tiempo noté que yo tenía los ojos cerrados, y cuánto tiempo llevaba así no lo sabía, pero al abrir los ojos ya no vi a la luminosa criatura blanca. Miré a mi alrededor, pero no la vi por ninguna parte. Y ahora ya podía moverme, y me volví y miré hacia el interior de la impenetrable oscuridad. Lo único que veía era oscuridad. Ahora igual que antes. Pero ¿dónde se había metido la criatura? ¿Simplemente había desaparecido? ¿Se había esfumado? ¿Así, sin más? Vino despacio y desapareció de pronto. ¿Qué está pasando, en el interior del bosque, en la impenetrable oscuridad en la que están los árboles, en la que está la nieve blanca, sobre las ramas y por el suelo entre los árboles? Esto es lo que hay aquí. Esto, y luego yo. Y luego esta criatura luminosa, solo que ella ya no está, o quizá sí que esté, solo que yo ya no la veo, quizá la criatura haya desaparecido y digo: ¿estás ahí?, y no recibo respuesta y pienso que evidentemente la criatura no responde, porque fuera lo que fuera la criatura, una persona no era, aunque, bueno, un fantasma tampoco era, pero entonces quizá, quizá, quizá fuera sencillamente un ángel, quizá un ángel de Dios. Porque mira que era luminosamente blanca la criatura, o quizá fuera un ángel del mal. Porque los ángeles del mal también son ángeles de la luz, quizá todos los ángeles brillen en blanco, tanto los buenos como los malos. O quizá todos los ángeles sean buenos y malos al mismo tiempo, porque eso también podría ser. Y digo: ¿estás ahí? – y oigo una voz decir: sí, sí, sí, ya estoy aquí, pero ¿por qué lo preguntas? – y yo digo: ¿sabes quién soy? – y la voz me pregunta por qué le hablo y no sé qué decir, porque estaba convencido de que era a la criatura luminosa de blancura a quien le hablaba y quien me respondía, estaba tan seguro que ni siquiera me lo pensé, pero ahora creo que tiene que haber aquí alguien, o algo, más. Pero ¿quién podría ser? ¿Hay alguien más en el interior del oscuro bosque? No, quién iba a ser. Aunque sí que puede haber alguien más en este bosque. ¿Cómo puedo estar tan seguro de ser el único que está aquí, en el interior de este bosque frío y oscuro? Pues no puedo saberlo, eso es obvio. El bosque es grande. Es grande como un mundo aparte. Y ahora estoy en el interior de este mundo. Y este mundo es oscuro, tan negro y oscuro que no consigo ver nada, y tan grande es el bosque que no encuentro la salida, y tan negro y oscuro que no veo nada, aunque, bueno, ahí, ahí arriba, resulta que ha salido la luna y cuelga ahí tan redonda y bonachona, y por ahí, sí, por ahí han asomado también las estrellas en el cielo, muchas estrellas, estrellas claras, estrellas titilantes. Luz de luna amarilla y titilantes estrellas blancas. Es hermoso. No hay mejor palabra para describirlo, al menos no se me ocurre ninguna. Hermoso. Y no hace mucho tiempo, bueno, hace solo un momento, no veía nada en el cielo, bueno, claro que no veía nada, porque estaba nevando, y cuando nieva no se ve el cielo, ni la luna, si es que hay luna, ni las estrellas, porque solo con el cielo despejado se ven la luna y las estrellas. Pero ¿por qué pienso esto? Lo que estoy pensando es absolutamente evidente y no hay que darle más vueltas, sencillamente es así. Así es, sencillamente. Si ahora lucen la luna y las estrellas es sencillamente porque ha dejado de nevar. Ni más ni menos. Pero ¿qué fue lo que me pasó hace un rato? ¿Acaso no vi una criatura luminosa en su propia blancura? Pues sí que la vi. Solo que no puedo haberla visto, porque criaturas así no existen y tampoco pueden existir, eso atenta contra la razón. No vi ninguna criatura de esa clase. Pero entonces ¿qué fue lo que vi? Una visión, tal vez. Vi visiones, como se suele decir. Pues sí, sería una visión lo que vi. Y tampoco es de extrañar que vea visiones, puesto que estoy encerrado en el bosque oscuro, porque no encuentro la salida del bosque. He caminado en todas las direcciones posibles, al menos eso creo, aunque no puedo saberlo con seguridad, claro, lo que sí puedo saber y sé es que no he dejado de caminar, y que varias veces me he parado para cambiar de dirección. Y por tanto tengo que haber caminado en muchas direcciones, si no en todas, porque evidentemente no he caminado en todas las direcciones posibles puesto que en ese caso tendría que haber encontrado el coche, haber regresado al coche. Y ojalá hubiera sido así, porque entonces estaría ahora sentado en el coche, caliente y a gusto, y la nieve no se habría posado por todo mi cuerpo, poniéndome completamente blanco. Pues sí, casi tan blanco como esa criatura de blancura que quizá acabo de ver, o tal vez solo la viera como una visión, o como en una visión, que puede que sea la mejor manera de decirlo. Pero es bonito mirar las estrellas, y la luna. Lo más hermoso es la luna, esta noche más amarilla y redonda y bonachona de lo que creo haberla visto nunca. Y una luna grande y buena y amarilla, en fin, ¿qué era lo que iba a decir? Se me ha ido, ha desaparecido, igual que ha desaparecido la criatura, relumbrante en su blancura. Aunque quizá no haya desaparecido, sino que simplemente se ha vuelto invisible. Quizá sencillamente no se ve, ahora que hay más luz. Eso bien podría ser, así que supongo que podré preguntar si anda todavía por aquí. En cualquier caso, no creo que sea un problema, y digo: ¿estás ahí? – y no se oye ninguna respuesta. Y tampoco era de esperar, supongo, pero siempre puedo volver a preguntar, y digo: ¿hay alguien ahí? – ¿y no oigo una especie de leve susurro que dice sí, aquí estoy? Pues creo que sí, pero supongo que no son más que imaginaciones mías, porque una voz clara desde luego no he oído, y entonces oigo una voz decir: estoy aquí, siempre estoy aquí, estoy aquí siempre – y me sobresalto, porque ahora no cabe ninguna duda de que he oído una voz, y era una voz débil y quebradiza, y aun así era como si la voz tuviera una especie de plenitud cálida y profunda, pues sí, era casi como si, bueno, como si hubiera en la voz algo que podría llamarse amor. Amor, ¿y qué quiero yo decir con esa palabra? Porque si hay alguna palabra carente de significado tiene que ser esa. Ay, ya no sé ni lo que digo, debe de ser el frío, y el miedo a estar encerrado en el oscuro bosque, lo que me hace pensar estas cosas. Y tampoco es que esté encerrado, ¿no? Sin duda estoy en el interior del bosque oscuro, pero encerrado no estoy, lo que pasa es que no encuentro la salida del bosque y eso evidentemente es distinto a estar encerrado, porque si estuviera encerrado me habría encerrado alguien, y no te puedes atrapar a ti mismo, o quizá sí que puedes, pero si he sido yo quien me ha encerrado no lo he hecho voluntariamente, estoy encerrado en contra de mi voluntad, en el interior del bosque oscuro, involuntariamente encerrado por mí mismo, si es que se puede decir así. Pero esto no son más que palabras. Palabras y más palabras. Y ahora estoy solo, más solo que la una, en el interior del bosque oscuro. Aunque ¿estoy solo? No, no puedo estarlo, porque yo diría que acabo de hablar con algo o con alguien y digo: ¿estás ahí? – y no recibo respuesta, y digo: ¿hay alguien ahí? – y siento que me invade como una desesperación y digo: respóndeme, anda, ¿no podrías responderme?, te estoy hablando, y no hace tanto que estuvimos hablando, ha sido hace un momento – y me vuelvo y miro a mi alrededor y no se ve a nadie por ningún lado, solo un árbol detrás de otro, las ramas cubiertas de nieve, bajo la luz de la luna, bajo la luz de esa luna enorme, redonda y amarilla, las incontables estrellas titilantes, y luego, no debajo de los árboles, sino entre ellos, en algunos sitios, el suelo cubierto de nieve, la tierra cubierta de nieve, que estoy pisando. Ay, qué frío que hace, ay, qué frío que tengo. Debo salir del bosque antes de que se haga noche cerrada y antes de cansarme demasiado. Porque ¿qué pasará si no consigo salir del bosque? Vivo solo, así que nadie me va a echar de menos, y aunque alguien me echara de menos tampoco sabría dónde estoy, de modo que nadie va a venir a buscarme en este bosque, ¿y por qué se le iba a ocurrir a alguien venir a visitarme? A decir verdad, no recuerdo la última vez que alguien vino a visitarme, bah, ni siquiera voy a intentar recordarlo, al menos por ahora, ahora tengo otras cosas en que pensar, diría yo, bueno, en realidad ahora hay una sola cosa en la que pensar y esa es cómo conseguir salir de este bosque y encontrar el coche, o encontrar gente, encontrar a alguien que pueda desatascarme el coche con un tractor, pues sí, tendrá que ser un tractor, puesto que no creo que un coche normal quiera correr el riesgo de meterse por el camino forestal ahora que ha nevado tanto como al fin y al cabo ha nevado, no, nadie querrá, como es obvio, y puede que ni siquiera alguien con tractor quiera hacerlo ahora que se ha hecho de noche, porque puede resultar difícil ver por dónde va el camino, ahora en la oscuridad, ahora que ha nevado, en fin, que incluso si encontrara a alguien con un tractor no me ayudaría a mover el coche esta noche, hasta que se haga de día nadie querrá ayudarme. Pero ahora lo más importante, evidentemente, es conseguir salir de este bosque y encontrar gente, gente que tenga una casa caldeada en la que pueda entrar en calor y, bueno, la verdad es que también tengo hambre, y sed, pero si logro encontrar gente seguro que me dan algo de comer y de beber, y además entraré en calor, sí, porque con el frío que hace seguro que han hecho fuego en las estufas. El salón estará caldeado y acogedor, y las velas estarán encendidas. Así será. Ahora lo que tengo que hacer es caminar para encontrar gente. Y de hecho estoy caminando, sí, hacia delante, y tengo la sensación de que alguien, o algo, camina junto a mí, y supongo que tendrá que ser esa criatura, la de la luminosa blancura. Tiene que ser ella. Solo que a los lados, o a mi espalda, no quiero mirar. Quizá podría preguntar quién anda a mi lado o por detrás de mí, pero supongo que eso no se hace, aunque ¿por qué no voy a hacerlo? Creo que puedo hacerlo. Y digo: ¿quién eres? – y no oigo nada, así que no habrá nadie, ¿y por qué iba a haber alguien?, y vuelvo a decir: ¿quién eres? – y una voz dice: soy yo – y pienso que la criatura, sí, la criatura, porque tiene que haber sido ella, me ha respondido, así que debe de estar caminando a mi lado, o tal vez camine detrás de mí. Y digo: ¿qué quieres de mí? – y la criatura no contesta. Digo:

¿no me lo quieres decir? Y la criatura contesta: no te lo puedo decir. Digo: ¿por qué no? – y la criatura no contesta. Digo: ¿no me lo puedes decir? – y la criatura dice que no. Digo: ¿por qué me sigues? La criatura dice: no te sigo. Digo: entonces ¿qué haces? La criatura dice: te acompaño – y pienso que no parece que merezca la pena preguntarle nada a la criatura, pero ¿por qué me acompañará, como dice ella? Digo: ¿por qué me acompañas? La criatura dice: no te lo puedo decir. Digo: ¿por qué no? La criatura dice: porque no puedo – y pienso que por lo visto no tiene sentido preguntarle nada, así que será mejor que deje de hacerlo. Digo: ¿no podrías llevarme adonde haya gente? – y la criatura no responde. Digo: no puedes sacarme del bosque – y la criatura no responde, y yo pienso que está bien, si no quiere decírmelo no quiere, aunque sí me ha contestado ya un par de veces, así que en cualquier caso está ahí, a mi lado o a mi espalda, me está acompañando, ya camine a mi lado o a mi espalda. Pero ¿quién será? No tengo ni idea, y supongo que tampoco podré preguntarle quién es, aunque ¿por qué no? Digo: ¿quién eres? La criatura dice: soy la que soy – y pienso que no es la primera vez que oigo esa respuesta, aunque no recuerdo dónde la he oído antes, quizá la haya leído en algún sitio. Será mejor que deje de preocuparme por la criatura, que deje de pensar en quién es. Y ya pronto tendré que haber salido de este bosque, digo yo, porque llevo ya mucho tiempo aquí, muchísimo, al menos tengo esa sensación, y al menos hay ahora luz suficiente para ver, puesto que la luna está grande y amarilla, porque de pronto apareció de nuevo la luna, y antes de que apareciera la luna era imposible ver nada, y ojalá no vuelva a oscurecer del todo, ojalá no vuelva a cerrarse la noche, porque entonces no sabré ni por dónde ando, tampoco es que ahora lo sepa, pero ahora al menos veo dónde pongo los pies. Y ahí, ahí delante. ¿No viene algo hacia mí? Pues sí, casi diría que sí, pero está bastante lejos y no es fácil ver qué es, porque solo veo algo más oscuro en la oscuridad, y podría parecer, sí, pueden ser dos personas las que vienen andando hacia mí. Pero ¿aquí, ahora, en el interior del bosque oscuro? No, no pueden ser dos personas, pero entonces ¿qué será, si no son dos personas? Pues sí, tienen que ser dos personas. Y quizá yo podría ir a su encuentro, porque lo mejor sería que fueran dos personas, así tendría compañía, como se suele decir, aquí en el interior del bosque. Pero es imposible que se hayan perdido otras dos personas, eso no puede ser, así que serán dos personas que vivan por aquí cerca y simplemente hayan salido a dar un paseo, un paseo nocturno. Pero ¿ahora, en la oscuridad? ¿En el frío? ¿En la nieve? No, eso es imposible. La gente sensata no hace esas cosas.

Aunque no todo el mundo es tan sensato, de hecho, yo no debo de ser especialmente sensato, puesto que abandono el coche y me adentro en un boque, en el bosque, a pesar de que estamos en pleno otoño y es tarde, y a pesar de que hacía frío dejé el coche y me adentré en el bosque. Es increíble que se hagan estas cosas. Pero sí, sí que son dos personas, tienen que serlo, y vienen caminando hacia mí, ¿y qué pintarán estos dos en el bosque y qué pintaré en el bosque yo? Tan poca idea tengo de lo que pintan estos dos en el bosque como de lo que pinto en el bosque yo. Y quizá estos tengan tan poca idea como yo de por qué están ahora en el bosque. Bien podrían haberse perdido ellos también. Camino hacia ellos, y me da la impresión de que ellos también caminan hacia mí. Y caminan tan pegados que resultan indiscernibles, así que deben de ser pareja, y o bien van de la mano, o bien uno va agarrado del brazo del otro. Y da la impresión de que son pareja. Y en ese caso es probable que el hombre sea un poco más alto que la mujer, aunque evidentemente podría ser también al revés, que ella sea más alta que él. Camino hacia la pareja, y la pareja camina hacia mí. Está muy claro que no solo yo camino hacia la pareja, sino que la pareja también camina hacia mí. ¿Quién será esta gente? ¿Quién demonios será? Pero menuda alegría me he llevado al ver que había alguien más en el bosque, eso seguro. Y creo que vienen hacia mí. ¿O seré solo yo quien va hacia ellos? Creo que yo voy hacia ellos y ellos vienen hacia mí. Sí, casi creo que debe de ser así. Pero ¿quiénes son? ¿Quiénes pueden ser? Está tan oscuro que no puedo verles la cara, ni la ropa, aunque cada vez estamos más cerca. Y cuando estemos lo bastante cerca, evidentemente, podré verles la cara, y la ropa, y entonces quizá sepa quiénes son, bueno, si es que los conozco, o los reconozco, de lo contrario no, evidentemente, pero ¿por qué pensaré yo estas perogrulladas? Debo de estar muy cansado. O quizá sea el frío el que me hace pensar perogrulladas. Nunca pienso así normalmente. Suelo pensar con claridad. Siempre lo hago. Casi se me puede considerar un pensador. Ay, mira que estoy presumiendo. Y tampoco eso suelo hacerlo, tampoco suelo presumir, bueno, cuando soy yo mismo y no me encuentro solo en un bosque, en el bosque. Y será el frío el que me impide pensar con la claridad con la que acostumbro a pensar. Otra razón, por lo menos, no se me ocurre. Pero lo que está claro es que estoy caminando hacia dos personas y dos personas vienen caminando hacia mí. Y parecen una pareja mayor, tal vez un matrimonio mayor, sí, eso creo que es. Sí, un matrimonio mayor. Ahora veo claramente que debe de ser así. Pero ¿ellos no me han visto a mí? No da la impresión de que me hayan visto, por lo menos. Aunque tienen que haberme visto, ¿no? Quizá debería gritarles algo, porque supongo que eso sí puedo hacerlo, ¿o será de mala educación? Creo haber oído que en el bosque no se grita. Sigo caminando hacia la pareja mayor, hacia lo que supongo que será un matrimonio. Sí, seguro que es un matrimonio. Tengo que gritarles. Grito: hola. Y suena: hola. Grito: ¿hay alguien ahí? – y se oye un sí y oigo que es la voz de una señora mayor. Suena otro sí y ahora oigo que es la voz de un hombre mayor. Y luego se hace un silencio. Un silencio sepulcral. Tan silencioso es el silencio que da la impresión de poderse tocar, y me paro. Y me quedo ahí parado escuchando el silencio. Y es como si el silencio me hablara. Pero un silencio no puede hablar, ¿no? Bueno, a su manera el silencio puede hablar, y la voz que en tal caso se oye, bueno, ¿de quién será esa voz? Pero es solo una voz. Más no se puede decir sobre esa voz. Simplemente está ahí. Está ahí, de eso no cabe duda, aunque no diga nada. Y entonces oigo gritar: ah, ahí estás – y oigo que es la señora mayor la que grita. Y la voz vuelve a decir: ah, ahí estás. La voz dice: por fin te hemos encontrado – y me pregunto cómo puede decir eso, porque nadie me ha encontrado, ¿no? La voz dice: ya te he encontrado – y no entiendo nada. ¿De quién es esta voz? ¿Y encima en medio del bosque oscuro? Grito: ¿quién eres? La voz dice: ¿no lo oyes?, soy tu madre, ¿no oyes que soy tu madre?, ¿no has reconocido la voz de tu propia madre?, no me puedo creer que no me reconozcas, la voz de tu propia madre – y yo pienso que esa no es la voz de mi madre, porque la voz de mi madre la conozco perfectamente, pero supongo que tendré que decir algo, no puedo quedarme callado. Digo: soy yo. Ella dice: sí que lo eres. Digo: pero ¿qué haces aquí en el bosque? La voz dice: buscarte. Digo: me estás buscando – y la voz dice sí y yo digo ¿por qué me buscas? La voz dice: porque no son horas de estar en el bosque – y yo digo no. La voz dice: lo entiendes, supongo – y yo digo sí. La voz dice: hace demasiado frío para estar en el bosque, y está demasiado oscuro. Digo: cuánta razón tienes. La voz dice: tienes que irte a casa. Yo digo: es que no encuentro el camino a casa. La voz dice: te has perdido. Yo digo: sí, me parece que sí. La voz dice: y por eso venimos a ayudarte. Yo digo: gracias, os lo agradezco – y ahora veo claramente al matrimonio mayor. Y sí que es mi madre la que está ahí enfrente. No cabe duda. Porque no puede ser otra. Es ella, mi madre. Y junto a ella está mi padre, del brazo de mi madre. Y no parece que mi padre se esté enterando del todo de lo que pasa. Se limita a mirar al frente como quien mira hacia el interior de una nada. Hacia el interior de la nada vacía. Y supongo que también yo estoy mirando hacia el interior de una nada vacía.

Seguramente. Ahí estoy, tratando de no moverme. Viendo cómo mi madre y mi padre se acercan y oigo que la mujer mayor me habla a la vez que me mira: ¿qué haces ahí parado?, no te quedes ahí parado, no puedes quedarte ahí parado, tienes que comportarte – y yo me pregunto qué querrá decir con eso, con eso de que no puedo quedarme aquí parado y tengo que comportarme. ¿Por qué no puedo quedarme parado? ¿Y por qué estar aquí parado implica no comportarme? ¿Qué estoy haciendo mal? No creo que pueda hacer mucho mal estando aquí parado. Pero si no hago nada. Si no hago nada más que estar parado. ¿Qué tiene eso de malo? Mucho de malo no puede tener, ¿no? Y de nuevo oigo gritar: no te quedes ahí parado, tienes que hacer algo, no puedes quedarte ahí parado, haz algo, hombre – y es mi madre la que grita y empiezo a caminar hacia mis padres. Y mi madre dice: me alegro de que por lo menos vengas a nuestro encuentro, algo es algo – y yo pienso que no voy a decir nada, no porque no tenga nada que decir, sino porque no tengo ganas de decir nada, y además no sé qué decir, aunque quizá pueda decir que no entiendo por qué también ellos están en este bosque oscuro y frío, y a estas horas, ya casi de noche, y tan avanzado el otoño, o más bien a principios del invierno, eso sí que debería poder decirlo. Digo: ¿qué hacéis vosotros en el bosque? Y ella dice: ¿y tú nos lo preguntas?, no me puedo creer que preguntes eso. Digo: ¿por qué? Ella dice: porque tú mismo estás en el bosque – y yo digo sí. Ella dice: ¿y qué haces tú aquí en el bosque?, te vas a morir de frío, tienes que irte a casa – y me planteo contarle que no encuentro la salida del bosque, para ver si ella sabe cómo salir del bosque, pero evidentemente no sabe salir, porque si supiera salir no estaría aquí en el bosque y digo: pero ¿sabes cómo salir del bosque? – y ella dice: no, pero él sí que sabe – y levanta la vista hacia mi padre y dice: tú sabes cómo salir del bosque – y él dice que no con la cabeza. Ella dice: ¿no sabes cómo salir del bosque? – y él dice que no y ella dice que estaba convencida de que él sabía el camino, él siempre sabe el camino, no recuerda una sola ocasión en que él no haya sabido el camino, estaba convencida de que él sabía el camino, nunca habría pensado lo contrario, dice, y se ha parado, y ha soltado el brazo de mi padre y ahora lo está mirando, y dice con miedo en la voz: ¿no sabes el camino?, ¿no sabes el camino de vuelta a casa? – y mi padre dice que no con la cabeza. Ella dice: entonces ¿por qué nos hemos adentrado tanto en el bosque? – y mi padre no contesta, simplemente se queda ahí parado. Ella dice: habla. Él dice: pero si lo hemos hecho juntos. Ella dice: no, has sido tú quien me ha traído bosque adentro. Él dice: pero tú querías encontrarlo. Ella dice: ¿no querías encontrarlo tú también? Él dice: sí, claro – y baja la vista y mi madre lo mira, y así se quedan un buen rato los dos y ninguno dice nada. Ella dice: pues entonces es posible que nosotros también nos muramos de frío, no solo él – y él dice: pues sí, con el frío que hace, y en el interior del frío bosque oscuro donde nos encontramos, bueno, adonde hemos llegado. Ella dice: pero ¿por qué me traes al interior del bosque si no sabes salir? Él dice: has sido tú la que me has traído a mí al interior del bosque. Ella dice: ya, supongo que sí – y se hace un silencio. Luego ella dice: supongo que lo hemos hecho juntos – y él no contesta y yo estoy ahí parado mirándolos. Y se les ve tan viejos, y se les ve tan cansados, ¿y cómo pueden haber envejecido tanto en tan poco tiempo?, porque tampoco hace tanto tiempo que no los veo, o quizá sí que haga tiempo, quizá haga años que no los veo, o quizá haga solo unos meses, o unas semanas, o unos días, porque más de unas horas sí que hace que no los veo, eso seguro, hasta ahí llego, pero cuánto hace exactamente, bueno, exactamente, exactamente, menuda palabra para este contexto, no se me podría haber ocurrido una palabra más inoportuna, en fin, que cuánto tiempo hace que no los veo, pues no lo sé, pero por lo menos ahora los estoy viendo, aunque ¿está eso tan claro?, porque puedo estar imaginándome que los veo, bien podría ser, pero no, no puede ser, están ahí, mi madre y mi padre, los tengo enfrente, eso seguro, y además he hablado con ellos, ¿no?, y les he oído hablar entre ellos. Y por lo visto me están buscando. ¿No dijeron eso, bueno, eso de que me estaban buscando? Digo: ¿me estáis buscando? – y nadie contesta. Los veo ahí parados, a mi madre y a mi padre, y se limitan a mirarme, pero no responden cuando les hablo, y tienen la obligación de responderme, porque al fin y al cabo soy su hijo, y digo: tenéis que responderme cuando os hablo, responded, no os quedéis callados, responded, tenéis que responderme – y oigo que mi voz suena suplicante, casi lastimosa, sencillamente penosa, podría decir, quizá también perdida, aunque es como si no fuera mi propia voz, es como si alguien hablara a través de mí, alguien a quien no conozco, un completo desconocido en realidad. Mi madre dice: ¿por qué te quedas ahí parado sin decir nada? – y mira hacia mi padre y dice: di algo, hombre, ¿por qué te quedas ahí parado sin abrir la boca?, ¿no sabes hablar?, ¿has perdido el habla?, tienes que decir algo – y mi madre mira a mi padre y dice: di algo tú también – y mi padre no dice nada, y ella dice: siempre igual, nunca dices nada, ni siquiera cuando tienes a tu hijo delante, aunque sea a unos metros de distancia, dices nada, ¿no podrías decir algo?, tienes que decir algo, tienes que decirle que venga aquí con nosotros y luego tenemos que salir del bosque, salir del bosque juntos – y mi padre dice sí. Mi madre dice: no puedes decir solo sí – y mi padre dice no, y mi madre dice: solo dices sí o no – y mi padre dice sí y ahí se quedan mi madre y mi padre, parados en el sitio se quedan, de nuevo se quedan así y pienso que tengo que reunirme con ellos. No tiene sentido que nos quedemos así, mirándonos desde la distancia. Pero me quedo parado, y ellos se quedan parados. Y así nos quedamos, alternando entre mirar al suelo y mirarnos entre nosotros. Esto no puede ser, pienso. Ahora mismo voy con ellos, pienso. Pero me quedo parado, y veo que mi madre agarra el brazo de mi padre y le tira un poco del brazo, eso parece. Pero se quedan donde están. Y yo me quedo donde estoy. Y alzo la mirada y veo que ya no se ven estrellas, que las estrellas están cubiertas por las nubes, y que ha oscurecido ya mucho. Ahora la luna está medio cubierta por las nubes, veo, y veo las nubes moviéndose hasta cubrir del todo la luna, y todo se queda oscuro, y ya no veo ni a mi madre ni a mi padre. Han desaparecido en la oscuridad, están los dos totalmente cubiertos de oscuridad. Y yo me he quedado solo en la oscuridad, igual que estaba antes. No veo nada. ¿Y mis padres? Hace un momento estaban aquí, yo los vi. Estaban aquí. ¿Dónde se han metido? Pues simplemente han desaparecido en la oscuridad, claro, se han vuelto invisibles, igual que se vuelve invisible todo lo demás siempre que hay oscuridad suficiente, negrura suficiente. Las nubes han cubierto la luna y ya no se ve nada y oigo a mi madre gritar: ¿dónde estás? – y oigo a mi padre decir: estoy aquí – y mi madre dice que eso ya lo sabe, lo tiene agarrado del brazo, dice, no se refería a él, sino a mí, dice, y mi padre dice: ah, claro, he respondido sin pensar – y mi madre dice: sí, como de costumbre – y se hace un silencio y ninguno de los dos dice nada. Y yo me quedo parado y en silencio. Quiero que haya un silencio total, quiero escuchar el silencio. Porque es en el silencio donde puede oírse a Dios. Por lo menos así lo expresó alguien una vez, pero yo desde luego no oigo la voz de Dios, lo único que oigo es, en fin, la nada. Oigo, cuando trato de oír la nada, si es que la nada se puede oír, si no es solo un lugar común, una de esas cosas que se dicen y ya está, pienso, pues oigo la nada, bueno, no oigo nada, al menos no oigo la voz de Dios, sea lo que sea eso. Pero allá ellos, pienso. Y evidentemente no eran mis padres lo que vi hace un rato, sería mi imaginación, porque estoy solo, solo en el bosque oscuro, más solo que la una, como se suele decir, más solo que la una. Pero ¿no he estado siempre así, más solo que la una?, pues sí, creo que sí, puede ser, y oigo a mi madre decir: ¿dónde estás? – y no suena como si estuviera ni cerca ni lejos, es como si la voz simplemente sonara, y luego se hace el silencio. Mi madre dice: ¿dónde crees que estará? – y no hay respuesta. Mi madre dice: ¿ni siquiera puedes responderme? Mi padre dice: no lo sé – y mi madre dice que claro que no lo sabe, no hace falta ni que lo diga, si no tiene nada mejor que decir más vale que se calle, dice, y mi padre no contesta y mi madre dice que al menos podría contestar y mi padre dice que no sabe qué decir y mi madre dice que claro que no sabe qué decir, nadie sabría qué decir ahora que se ha puesto todo tan oscuro. Mi padre dice: claro que no. Y vuelve a hacerse el silencio. Me quedo parado y en silencio, completamente inmóvil, y pienso que debo de estar imaginándomelo, bueno, esto de que mi madre y mi padre también están en el interior del bosque. En el interior del bosque estoy yo, y estoy completamente solo. No hay nadie más en el interior del bosque, solo yo. Y no parece que vaya a conseguir salir del bosque. Y estoy muy cansado, y hace mucho frío. Aunque ¿no ha aclarado ya un poco? Levanto la mirada y veo algunas estrellas, aunque muchas estrellas la verdad es que no veo, y ahora veo también un poco de la luna amarilla. Menos mal que ha aclarado un poco, todo mejora cuando se ve un poco, bueno, por supuesto, eso es obvio. Pero ¿dónde se habrán metido mis padres? Estaban aquí hace un momento. Porque no era solo mi imaginación. Los he oído hablar. O más bien era mi madre quien hablaba, mi padre se limitaba a contestar a lo que ella decía. Todo como siempre. Sí. Pero tengo mucho frío. Ojalá no empiece a nevar otra vez. Aunque ahora está aclarando. Cada vez veo mejor. Pero ¿dónde se habrán metido mis padres? Los tenía ahí enfrente, aunque estuvieran bastante lejos. Y caminé hacia ellos, y ellos caminaron hacia mí, aunque camináramos muy despacio. Caminamos, tanto ellos como yo, pero era como si no lográramos acercarnos, y eso la verdad es que es raro, y no hay quien lo entienda. ¿Y dónde estarán ahora? Aunque supongo que si camino hacia delante lo más probable es que me los encuentre, bueno, si las dos partes, tanto ellos como yo, caminamos hacia delante. Así que voy a empezar a caminar hacia delante. Así seguro que nos encontramos. O al menos puede que nos encontremos. Porque quizá mis padres, mi madre y mi padre, también caminen hacia delante. Y en ese caso nos encontraremos. Puesto que mis padres seguramente piensen como yo. Así que tendré que empezar a caminar hacia delante. Y ya ha amanecido tanto que se puede caminar por entre los árboles, aquí en el interior del bosque oscuro. Echo a andar. Y voy con los brazos estirados ante mí. Y puede que grite para preguntar dónde están, dónde están madre y padre. Aunque yo nunca les he llamado madre y padre, o quizá sí que lo hiciera, cuando era pequeño. No, creo que no. Madre y padre. No, nunca. Y ahora han desaparecido, y puede que no hayan estado aquí en absoluto. Puede que me lo haya imaginado. Que me imaginara que oía hablar a mi madre, que me decía algo. No, eso es completamente impensable. Estaban aquí. Mi madre estaba aquí. Y mi padre estaba aquí. Los vi ahí enfrente, sí, justo ahí enfrente, ahí. Ahí enfrente, sí. O quizá fuera aquí donde estoy yo que vi a mis padres hace un rato. Quizá estaban justo aquí donde ahora estoy yo. Bien podría ser que fuera aquí. Pues sí, casi creo que era aquí. Era aquí. Ahora estoy seguro. Era aquí. Y en ningún otro lado. No allí, sino aquí. Solo aquí. No allí, sino aquí. Allí aquí. Quizá pueda gritar para preguntar dónde están. Pues sí, eso haré, y grito: ¿dónde estáis? – y me quedo parado escuchando, pero no responde nadie, y mira que es raro, pero luego oigo a mi madre decir: ¿que dónde estamos? Oigo a mi madre repetir: ¿que dónde estamos?, menuda pregunta, estamos donde estamos, y ya está, ¿por qué pregunta eso de que dónde estamos? – y digo: porque, bueno, porque. Y mi madre dice: te estamos buscando. Y digo: y ya me habéis encontrado, pero ¿dónde estáis vosotros? Mi madre dice: será que no nos vemos porque está todo muy oscuro – y digo sí y se hace un silencio y mi madre dice que tengo que irme a casa. Digo: no encuentro la salida, ¿vosotros tampoco encontráis la salida del bosque? Mi madre dice: ay, qué cosas dices, ¿o que dices tú, padre? – y mi padre no dice nada, y hay un largo silencio, y luego mi madre dice que mi padre tiene que decir algo y él dice: no, no encontramos la salida – y mi madre dice que no diga esas cosas. Mi madre dice: encontraremos la salida, solo que todavía no la hemos encontrado, ¿no estás de acuerdo? – y se hace un silencio. Mi madre dice: ¿nunca puedes contestar? Mi padre dice: sí, encontraremos la salida, seguro – y de nuevo se hace el silencio. Mi madre dice: ¿cómo puedes estar seguro? – y mi padre no contesta. Mi madre dice: contesta, hombre. Mi padre dice: no lo sé. Mi madre dice: ya, no lo sabes – y yo pienso que pronto tendremos que encontrarnos, porque no suena como si nuestras voces estuvieran muy alejadas, a ratos suena como si estuvieran casi juntas, y a ratos como si estuvieran muy alejadas, pienso, y la verdad es que es curioso que sea así, que nuestras voces a ratos estén cerca, y a ratos estén alejadas. No lo entiendo. No hay quien lo entienda. Aunque hay muchas cosas incomprensibles, por ejemplo que ahora estoy en las profundidades del bosque oscuro, en el interior del bosque oscuro. Y de pronto mi madre grita: ¿dónde estás? – y su voz está a la vez muy cerca y muy lejos, y esto no hay quien lo entienda, esto de que una voz pueda estar a la vez muy cerca y muy lejos, y por eso mismo no puedo caminar hacia la voz, pienso, y oigo a mi madre gritar: tienes que venir ya porque padre y yo tenemos que irnos ya pronto para casa – y respondo que voy tan deprisa como puedo, solo que no sé a dónde ir, digo, y mi madre dice que soy muy mío, siempre lo he sido, dice, siempre he hecho lo que yo quería, nunca lo que quería ella, siempre me he escuchado solo a mí mismo, y ahora, pues ahora veo a donde me lleva eso, dice, me lleva a donde me tiene que llevar, a donde me tenía que llevar, dice mi madre, y yo no sé qué decir y oigo a mi madre decir que esto no puede seguir así, está a punto de morirse de frío, dice, y yo me pregunto por qué mi padre no dice nada, aunque la verdad es que él nunca ha dicho nada, pienso. Y hace mucho frío, y estoy muy cansado. Tengo que sentarme a descansar un poco. Pero tampoco puedo sentarme en el suelo, aquí entre los árboles, aunque ahí, ahí hay una piedra, una piedra redonda, y está en medio del bosque, eso sí que es raro, porque cómo habrá llegado esa piedra hasta ahí, pues eso no hay quien lo entienda. No puede haber rodado hasta ahí, y tampoco puede haberla traído, bueno, haberla colocado ahí una persona. ¿Por qué iba alguien a hacer eso? Pero en cualquier caso la piedra está ahí. Está ahí, y puede uno sentarse en ella. Tengo que sentarme en esa piedra. ¿Y por qué no lo hago? ¿Por qué sigo ahí parado? Puedo moverme a voluntad. Puedo ir a donde quiera. No creo que nadie me lo pueda negar. Nadie. Y entonces ¿por qué me quedo parado? ¿Por qué no hago nada? Quizá porque estoy cansado, pero precisamente por eso quiero sentarme en la piedra redonda, para descansar un poco. Pues sí, eso haré. Y lo haré ahora mismo. Me acerco a la piedra y me siento. Y como encima de la piedra, en lo alto, hay ramas, no ha nevado sobre ella. En la piedra estoy seco y cómodo. Y ha sido un gusto sentarse. Descansar un poco. Ahora me doy cuenta de lo cansado que estoy. Y, bueno, del sueño que tengo. Porque estoy realmente cansado, y tampoco es de extrañar porque conduje mucho rato y luego he caminado mucho por el bosque, mucho tiempo y mucha distancia he recorrido. Mucho más que mucho. Así podría decirse. Y entonces oigo a mi madre decir que la verdad es que siempre fue un caso aparte, y mi padre dice: sí, sí que lo era, siempre lo fue – y mi madre dice: sí que lo era – y oigo a mi padre decir sí. Y noto como si el cansancio me invadiera. Pero ahora no puedo quedarme dormido. Ahora tengo que mantenerme despierto. Eso es lo importante ahora. Lo más importante. Porque quedarme ahora dormido en la nieve, eso es impensable. No puedo hacer eso. Porque me moriría. Me moriría de frío. Pero al menos podré descansar un rato, supongo. Eso supongo que sí podré hacerlo. Claro que sí. Tengo que descansar un poco porque estoy muy cansado, y porque tengo que encontrar la salida del bosque y para encontrarla no puedo estar tan cansado. Descansar. Solo descansar. No pensar en nada especial, solo descansar. Solo descansar. Solo existir. Y mirar. Pero mira, mira ahí, sí, ahí entre dos árboles, ahí, sí, ahí resulta que hay un hombre. Y lleva un traje negro. Y una camisa blanca. Y una corbata negra. Y va descalzo. Va descalzo sobre la nieve. Pero eso no puede ser. Ahora sí que veo visiones. Ahora sí que se me ha ido la cabeza, como se suele decir. Pero es que está ahí de verdad, un hombre con traje, camisa blanca y corbata, sí que está ahí y creo que me está mirando. Sí que mira hacia aquí, sí. Ahora veo que sin duda está mirando hacia aquí. Hacia mí. No solo está mirando hacia mí, sino me mira a mí. ¿Y por qué lo hace? Aquí, en medio del bosque, hay un hombre vestido con un traje negro, y está ahí parado mirándome. No, no puede ser. Esto es imposible. Y está totalmente inmóvil el hombre. ¿O se mueve un poco? Quizá un poco. Pero en ese caso poquísimo. O tal vez no se mueva. Tal vez me lo estoy imaginando. Puede ser. Pero en ese caso, bueno, en ese caso. En ese caso ¿qué? ¿Qué? ¿Qué quiero decir con eso? En ese caso ¿qué? Y mis padres, en fin, ¿dónde se han metido? Y la criatura blanca, la que resplandecía en toda su blancura y de la que al principio solo veía la reluciente silueta, bueno, ¿dónde se ha metido? Pero ¿no la estoy viendo ahí, al lado contrario de donde está el hombre del traje negro? Ahí, ahí enfrente. Pues sí, sí, ahora veo de nuevo a la criatura blanca. Está ahí parada. Y ella también está totalmente inmóvil, y bueno, sí, sigue reluciendo, sí, de la criatura sigue saliendo algo así como una luz resplandeciente. No lo entiendo. Esto sobrepasa mi entendimiento, como se suele decir. Lugar común, es un lugar común. Aunque eso de usar el entendimiento, bueno, tal y como me encuentro ahora, pues no me parece razonable, en fin, que estoy a punto de echarme a reír, pues sí, a reír. Aunque reírme tal y como estoy ahora, pues no, tiene que haber límites. Aunque límites no parece que haya. Es como si todo careciera de límites, como si estuviera encerrado en un espacio cerrado, en el bosque, y aun así resulta que este espacio carece de límites. Eso es imposible. O es así o es asá. Eso, así o asá. Madre o padre. La criatura blanca o el hombre del traje negro. O me quedo en el bosque o consigo salir del bosque. Una cosa o la otra. O bien el coche se queda atascado, o consigo desatascarlo. Así es. Una cosa o la otra. Pero realmente me ha venido bien sentarme. Tengo verdadera necesidad de descansar. Hasta ahora no me he dado cuenta de lo cansado que estoy. Estaba mucho más cansado de lo que pensaba. He estado a punto de quedarme dormido aquí en la piedra redonda, aquí bajo las ramas cubiertas de nieve. Estoy aquí sentado en la piedra redonda con las ramas formando una especie de tejado sobre mi cabeza. Es casi como si hubiera hecho una casita. Una casita. Hay que ver qué cosas pienso. Si hay algo que no se parece a estar en una casa, es esto de estar aquí donde estoy yo, a cielo abierto, con solo unas ramas por encima de la cabeza, es esto de estar sentado en una piedra redonda hecha de tal manera que puede uno sentarse en ella, es esto de estar sentado en una piedra bajo unas ramas cubiertas de nieve, en el interior de un bosque, en el interior del bosque. Estoy cansado y tengo ganas de tumbarme. Pero no puedo hacer eso, porque podría quedarme dormido y no puedo, no aquí en el interior del oscuro bosque. En el interior del bosque oscuro. Cierro los ojos. Pero incluso cuando cierro los ojos veo solo la impenetrable oscuridad. Nada más. Solo negrura, solo oscuridad. Y luego ese hombre que vi vestido con un traje negro. Y con camisa blanca y corbata negra. ¿Y no iba además descalzo? Pues sí, descalzo sobre la nieve. Iba descalzo, ¿no? Sí, creo que sí. Bueno, que iba descalzo, yo lo vi, pero, aun así, de alguna manera tampoco lo vi. Así debe de haber sido. Abro los ojos. Y ahora tengo al hombre del traje negro justo enfrente. Está ahí parado mirándome. ¿Quién será? Y ahora veo claramente que está descalzo. Está descalzo sobre la nieve blanca. ¿Será posible? Pero por lo visto todo puede ser. Todo. Todo esto. Por lo visto todo es posible. Incluso estar descalzo sobre la nieve, en medio del bosque, en el interior del bosque oscuro, vestido con un traje negro, con camisa blanca y corbata negra. Resulta que es posible. Incluso eso es posible. Y ahí, no muy lejos del hombre del traje negro, resulta que está la criatura reluciente, pues sí, la criatura que reluce en su blancura. Y ahora la criatura entera está reluciendo. Pues no lo entiendo. Y tampoco se puede entender, se trata de otra cosa, quizá solo se pueda percibir, sin que realmente ocurra. Pero ¿será posible solo percibir algo? Todo lo que se percibe, pues, de alguna manera tiene que ser real, sí, de alguna manera tiene que entenderse. Pero de todos modos carece de importancia. Porque ahí está la criatura que reluce resplandeciente en su blancura, y ahí está el hombre del traje negro, descalzo sobre la nieve, ahí, detrás de la criatura resplandeciente, y un poco a un lado, y ahí, detrás del hombre del traje negro, entre el hombre y la criatura luminosa, ahí están, pues sí, resulta que ahí están mis padres, mi madre y mi padre, están ahí tomados de la mano. Sus brazos cuelgan entre ellos formando una V. Sí que son ellos, sí. Son mis padres. Y están mirando hacia aquí. Me están mirando a mí. Y ahora veo que el hombre del traje negro se vuelve hacia ellos, hacia mis padres, pero es como si ellos no se dieran cuenta, es como si solo me vieran a mí. Aunque no dicen nada. Quizá debería decirles algo yo. Pero ¿qué les puedo decir? No sé qué decirles. Nunca he sabido qué decirles, pero aun así hay que decir algo, o quizá justamente ahora no haya que decir nada. Bien podría ser. En cualquier caso, no digo nada, y tampoco pienso decir nada. Simplemente estoy aquí sentado. Estoy sentado en la piedra redonda y ahora veo que el hombre del traje negro empieza a andar hacia mis padres. Va despacio, paso a paso, hacia ellos, descalzo sobre la nieve. Y ahora ni pienso ni quiero decir nada. Miro al hombre del traje negro, veo cómo se va acercando lentamente a mis padres, a mi madre y a mi padre, y es como si ellos no se dieran cuenta, solo me ven a mí. ¿No podrían dejar de mirarme ya? ¿Por qué miran todo el rato hacia aquí? Hacia mí, y nada más que hacia mí. ¿No podrían mirar hacia otra cosa? ¿Hacia el hombre del traje negro, quizá?

Eso, ¿por qué no lo miran, aunque camine hacia ellos? ¿No ven que va a su encuentro? Es como si el hombre del traje negro fuera invisible para ellos, sí, es como si no lo vieran. ¿Querrán hacerme creer que no lo ven? Quizá sí y quizá no. ¿Y eso significa algo? ¿Tiene la menor importancia? No, claro que no tiene importancia. Y el hombre del traje negro ya casi ha llegado hasta mis padres. Y lo veo detenerse. Se queda ahí parado, mirando hacia ellos. Yo estoy sentado en la piedra redonda, mirando hacia el hombre del traje negro. ¿Qué está pasando? ¿Dónde estoy en realidad? Bueno, estoy en el interior del bosque, pero el interior de un bosque no es como esto, ¿no? ¿Qué está pasando? Y ahora mi madre me mira de frente y dice: ah, ahí estás – y yo la miro de frente y digo: sí, aquí estoy – y se hace un silencio y mi madre mira a mi padre y dice que estoy ahí, ahí, en esa piedra, estoy sentado en una piedra, en esa piedra de ahí, dice, y me señala, o tal vez señale a la piedra, y le pregunta a mi padre si no me ve, y él contesta que sí, que me ve, ve que estoy sentado en una piedra, dice, y vuelve a hacerse un silencio y luego mi madre me mira y pregunta qué hago ahí sentado, y por qué no respondo cuando me habla, hay que responder, cuando alguien te habla hay que contestar, dice. Y digo: pero si te respondo. Y mi madre dice: sí, por fin respondes – y vuelve a haber un silencio, y veo que el hombre del traje negro se acerca a mi madre y le toma la mano libre, y ahí está mi madre, dándole una mano al hombre del traje negro y dándole la otra a mi padre, y ahora lo veo, sí, veo que tanto mi madre como mi padre están descalzos sobre la nieve, también ellos están descalzos, ¿y no vienen despacio hacia mí? Pues sí, despacio, con pasos cortos, vienen a mi encuentro, y es el hombre del traje negro quien los trae hacia mí y ahí, sí, ahora veo que la brillante criatura también está ahí, pero es como si ella no estuviera en ninguna parte, es como si ella estuviera alrededor de los demás, sí, es como una luz alrededor de los demás, una luz tan fuerte que casi no se puede ver, en el interior del bosque oscuro hay una luz que rodea a mi padre y a mi madre y rodea al hombre del traje negro, una resplandeciente blancura que los rodea, sí, es como si un campo de luz viniera despacio hacia mí y mi madre dice que tengo que ir ya a su encuentro, no puedo quedarme sentado sobre esa piedra, dice, y yo me pregunto qué querrá decir con eso, con eso de que tengo que ir ya, querrá que me levante, pienso, y luego oigo a mi madre repetir que no puedo quedarme ahí sentado en esa piedra, tengo que levantarme ya y reunirme con ellos, dice, y me levanto y doy un par de pasos hacia delante, y miro el suelo y veo que ahora yo también estoy descalzo, y eso sí que es raro, porque no recuerdo haberme quitado los zapatos, pero la cosa está clara, estoy descalzo. Y me quedo ahí mirándome los pies, desnudos sobre la nieve, pero es que no lo entiendo, pienso, porque es obvio que, con este frío, no me he quitado los zapatos, aunque hay tantas cosas que no entiendo, por ejemplo, por qué estoy en el interior de este bosque, por qué dejé el coche y me adentré en este bosque. Esto no hay quien lo entienda, tampoco, y oigo a mi madre repetir que tengo que reunirme ya con ellos, no debo, no puedo, quedarme ahí parado delante de esa piedra, dice, y doy otro paso al frente y luego otro más y entonces el hombre del traje negro me tiende la mano, tiende la mano hacia mí y yo lo miro, pero no veo un rostro, es como si el hombre no tuviera rostro, solo hay vacío en el lugar donde debería estar el rostro, y tomo su mano tendida, y entonces noto que estoy dentro de la luz blanca y resplandeciente que ahora más bien parece una niebla luminosa, pero que de alguna manera es mullida, y nada está claro, bueno, sí, estoy como dentro de una claridad, de alguna manera lo estoy, y ahora el hombre del traje negro empieza a andar despacio, y es como si saliera del bosque, aunque no sabría decir hacia dónde va, pero árboles ya no se ven, y tampoco nieve, y esto sí que es raro, pienso, y levanto la vista, y ni la luna, que estaba tan grande y redonda y amarilla, ni las estrellas se ven ya, y es casi como si camináramos por el aire, sí que es raro, y la mano del hombre del traje negro no está ni fría ni caliente, y es como si mis padres estuvieran y no estuvieran al mismo tiempo, y como si camináramos por el aire, sí, sí, realmente caminamos por el aire, aunque tampoco caminamos, pero sí nos movemos, supongo, sí, de alguna manera nos movemos, y en cierto modo es como si yo ya no fuera yo, como si hubiera pasado a formar parte de la criatura resplandeciente, que ya no parece brillar en su blancura, sino, bueno, que ya no es una criatura, digamos, sino que simplemente está ahí, simplemente es, y palabras como brillante, como blancura, como luminosa, parecen carecer de sentido, sí, es como si todo careciera de sentido, y como si el sentido, bueno, sí, como si el sentido ya no existiera, porque todo es solo eso, todo es sentido, y es como si nosotros tampoco camináramos ya, bueno, como si hubiéramos dejado por completo de movernos, estamos como en movimiento sin estarlo, y es como si yo ya tampoco viera, como si estuviera dentro de una grisura que me abraza, bueno, que abraza todo lo que existe, aunque ya nada exista, en fin, es como si todo simplemente fuera en su grisura, y nada existiera, y de pronto me encuentro dentro de una luz tan intensa que ya no es una luz, y no, no puede ser una luz, sino un vacío, una nada, y ahora resulta que tenemos a la criatura luminosa delante, sí, la criatura que luce resplandeciente en su blancura, y nos dice seguidme, y nosotros la seguimos, despacio, paso a paso, suspiro a suspiro, el hombre del traje negro, el que carece de rostro, mi madre, mi padre y yo, nos adentramos descalzos en la nada, suspiro a suspiro, y de pronto no quedan más suspiros, solo queda la criatura brillante y resplandeciente que ilumina una nada que respira, que es la que ahora respiramos, desde su blancura.

OTROS TÍTULOS DEL AUTOR

EN ESTA COLECCIÓN:

Melancolía

DE PRÓXIMA PUBLICACIÓN:

Ales junto a la hoguera

Escenas de una infancia

Este libro se terminó de imprimir
en diciembre de 2023